어머니, 어머니, 어머니.

당신과 함께라면

'어머니, 어머니, 어머니, 당신과 함께라면'을 출간하며

눈을 뜨면 생각을 바로잡고 잠이 덜 깬 모양새로 밤새 그리워하던 진한 점 하나 찍는다. 봄 출항을 준비하듯 따스한 햇살이 온누리에 촉촉이 번져 나간다.

자식 사랑에 애닮고 높낮이가 있으랴만.

저와의 인연으로 50여년 함께 하고 있지만 자식으로서 부모님과 한공간에서 숨을 쉬고 살 수있다는 것도 삶의 행복이겠지요. 어려운 세간 한치 흔들림 없이 살아오신 당신, 어릴때부터 정직과 세상 올곧게 살라시며 권고 하고 챙겨주시던 일기 쓰기와 가계부 쓰기.

지금도 계속 진행되고 글쓰기에 커다란 디딤돌이 되어 95년 겨울 열린문학이란 문학지를 통해 등단도 하고 시인이자 문학도로 새로운 인생의 출발점을 찾기도 했지요.

　6년전, 처녀시집 "고향에의 꿈"을 발간하고 두 번째 시집을 준비하면서 당신의 사랑과 애완을 실감하고 요즘들어 점점 쇄약해져가는 당신을 그리면서 한 편 두 편...
　세상과 마주하려 당신 삶의 여정을 따라 이 시대의 주역으로 살아가는 어머님들의 진정한 사랑과 삶을 조명해보려 방황했던 시간들.
　부족한 글이나마 한 장 한 장 넘겨주시고 모든 이와 좋은 인연으로 소중한 시간이 되시길 빌며 이 책을 만들기까지 애정과 사랑을 보내주신 모든 분들게 진심으로 감사를 전하며 이 시대 이 세상 어머니란 이름으로 당당하게 살아가시는 모든 어머니들께 깊은 감사와 사랑을 전합니다.

어머니, 어머니, 어머니. 당신과 함께라면
2017년 3월 봄이 오는 길목에서

목 차

어머니, 어머니, 어머니. 당신과 함께라면

1부 아침을 여는 소리

C/O/N/T/E/N/T/S

2부 단 비

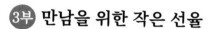

3부 만남을 위한 작은 선율

C/O/N/T/E/N/T/S

4부 내가 서있는 자리

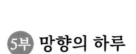

5부 망향의 하루

1부

아침을 여는 소리

아침을 여는 소리

새벽 어부들이 그물을 잡아 올리듯
베란다 블라인드 당기는 소리에 눈을 뜬다

태양이 저멀리 숲을 헤집고 나와
만물의 소생을 알리고

시냇물 소리처럼 청아한 수돗물 소리
밤새 어둠에 자국 씻어내리고
가스점화 불꽃은 몇 번을 번득이다
불꽃을 피운다

나가볼까 나가볼까 하면서 뒤돌아 눕고
뇌리 속은 다른 세상의 기억들로
가득 차 있다

이것이 당신의 아침을 여는 소리이자
삶의 시작임을 알기에
잠시나마 감사하고 행복한
꿈길을 다시 걷는다

출근길

가는 곳이 어딘지 알면서도 내가 나설 때면
문틈 새로 날 바라보시다 차 타는 내 모습 놓칠세라
베란다 멀쭉히 손짓하는 조카 녀석처럼 내 가는 길을
끝까지 배웅하시는 당신

그마음 잘 알기에 몇 초간에 숨을 돌려
다시 가는 나지만
그것이 진정 당신이 할 수 있는 사랑 표현임을
너무도 잘 알기에 가슴 가슴
행복한 사랑이 샘 솟는다

어머니

활대처럼 굽은 등 너머
삶이 태동하는 곳

가진 것 없어도 올곧게 살라던
무명의 이름으로 지내 온 나날

생명을 주신지 불혹의 세월
가슴에 시름만 안긴 채
홀로 나는 외기러기

태산처럼 높고 푸르던 그 모습
잔주름 속 여의어 가고

모든 것이
자근히 물들어 가는
자연에 섭리라 말하기엔
너무나 슬픈 계절

임

바로 살라 이르시고
굽은 등
고개 떨운 이삭인 양
새로운 밤을 찾는다

세월은 점점 머리를 숙여
여운에 그림자마저
이슬 여미고

뒷걸음 치던 내 모습은
님 그림자에 뉘여
새로운 약속에 잔을
달 속에 비추워 본다

기다림

집으로 가는 길 전화를 한다
때가 되면 어련히 찾아들까

당신께선 보시던 TV도 끄시고 베란다로 다가와
아래로 아래로 눈을 돌리신다

내가 도착할 시간 주위 숨소리 찾아드는 바둥이처럼
내 발자국 소리로 그 느낌으로
어머니 어머니는 그 모든 것을 알고 계신다

사랑하는 삶의 깊이가 너무 깊어
수십년 깊은 산중 수련한 도인처럼

그럼에도 나는 나는
방향을 찾지 못하고 있다

전업주부

종일 집안 일과 시름하다 보면
하루 해 말없이 진다하지만
내 없으면 창살 없는 감방처럼 단절된 당신을
뒤로하고 출근하는 길

다들 그리 산다하지만 어찌할 수 없는 현실의 벽
마음이 아프다

그것이 당신 행복이요 기쁨이라
힘들어도 아무런 내색 없이 배웅하지만
세상 어머니 어머니 내 어머니 뿐이랴만

내일은 당신과 함께 세상 가득 가슴에 품고
가을 바람 맞으려 봄소풍 떠나련다

기척소리

가끔은 당신 기척소리 들으려 놀란 토끼처럼
귀를 세운다

혹여나 혹여나 하는 마음에 슬픔이 찾아 오지만
어쩔 수 없는 현실속의 나

당신 함께하는 존재의 기쁨
지금 이 순간 행복함이

영원하길 빌며

불면증(1)

어둠을 끌어 안고 시름하는 당신과 나
당신 숨소리 들려오면 잠을 청하려 하면
뇌리 속 기어다니는 수많은 사연들
누가 누구를 위함인지

새아침 문 열어 당신을 대할 때면
함께 할 수 있어 행복하지만

차마 문을 열지 못하고 방에 누워
당신 아침을 기다리는 나

당신의 꿈의 무게가 먼저이기에
기쁨과 슬픔이 밀려들지만

당신께서 여느날 날 위해 그리하셨던
그날처럼 말입니다

아침이 오면

창가에 내린 햇살이 노크를 한다
인기척이 없어 살그시 문을 열어보니
어둠을 이불삼아 움직임이 없이 덜컥 겁이나지만
자세히 보니 숨소리 들린다

밤새 어둠과 시름하시다 해가 뜰 무렵
잠드신 모양이다
무슨 근심 걱정 그리 많으시길래
조금은 알 것 같지만
마음이 마음이 아프다

아침상

당신과 마주 앉아 아침을 먹는다
세상에서 가장 정성스레 차려진
밥상임을 알기에 감사한 마음으로

몇몇 찬 중 시금치 무침이 한 점 눈에 들어온다
내가 좋아한다 내 앞에 살짝 밀어 놓으시는 당신
나는 살며시 당신 앞으로 밀어 드리지만

몇 번을 밀고 당기며 내가 먼저 한 입 물곤
다시 슬쩍 밀어 놓지만 당신께선 무치며
많이 드셨다 멀리하는 당신

그렇게 그렇게 모든 것을 내게 다 주시고
자신을 내려 놓는다

세상 모든 어머니의 마음임을 알면서도
죄송함과 행복한 물결이 가슴 속 깊은
곳 썰물처럼 차오르고 있었다

누님

누님이 오시는 날
어머님은 아침 일찍 누님이 좋아하신다며
찰밥과 미역국을 끓이신다

초등학교 5학년 부모 가족과 생이별하신 뒤
어느 그곳 살다가 이십 여년 만에 다시 만나
이산 가족처럼 겹겹이 쌓여온 업
그것이 더욱더 안쓰럽고 가슴을
울리게 한다

누님은 자신보다 커다란 가방 속 들기름 참깨 등
당신 앞에 풀어놓으시며, 예전에 제가 받은게 많으니
이젠 제가 해드려야지

누님의 말씀에 어머님과 딸로서 고맙고
감사에 기쁨이 밀려든다

내가 느끼지 못한 보이지 않는 그 무엇이
마음을 뭉클케 한다
사랑 사랑 그 사랑의 냄새였다

전화

환갑을 바라본 누이가 어머님을 찾으신다

알고있지만 순간 어머님의 목소리가 그리워
아픔을 무릅쓰고 전화를 하신 누님

가고파도 보고파도 달려갈 수 없는
그리운 당신이기에

내일은 견우 직녀 오작교를 그리워하며
무지갯빛 피어나겠지

당신은 철없는 아이처럼 덩그러니
하늘만 배회하는 비둘기 한 마리가
부러우신 모양이다

생신날

당신의 생신날 손수 미역국 끓이시고
몇가지 찬으로 차려진
밥상 앞에 앉는다

당신보다 나만의 밥상으로 함께할 수 있어
행복한 당신

밥 한그릇 국 한사발 맛있게 비우시곤
이만하면 임금님 수라상 부럽지 않다 하시지만

내년에는 내년에는 하면서도
가는 세월속 마음만
저만치 가고 있다

화장 안 하는 여인

어머님은 맨얼굴로 80평생 사신다
냄새가 싫어 귀찮아 말씀하시지만
어디 그 뿐이랴

일 년에 한두번 살짝 분칠을 하신 당신
시집가는 새색시처럼 홍조빛 얼굴에 화장이
잘 받으신다

요즘 세대야 겹겹이 칠을 하고 예쁨을
창조하는 세상을 밝힌다 하지만

분칠 향수 냄새 없이는 당신께선 세상에서
가장 고귀하고 아름다움을
당신은 아실까

어디선가 하얀 나비 한 쌍 날아들어
당신 주위 배회하고 있다

이산가족 상봉 있던 날

이산가족 상봉 있던 날 당신의
가족들이 올라 오셨다

고향은 전남 목포 일로 망월리
집을 떠나 신지 60여년
집을 찾은 지 몇 차례 모진 세월
내 가족만을 위해 헌신하신 당신
찾고픈 내심이야 없었으랴
수십 억년 한 방울 한 방울 쌓인 석순처럼
잊고 살아오신 모진 세월

당신 세대와
지금 세대
이 시대가 빚어 놓은 이산가족처럼
불효 아닌 불효가 아니던가

마음만 마음만 있을 뿐
시간에 등을 돌린 우리네 삶
무엇을 위해 살아가고 있는 것인가

산소가는 길

시골길 옆 할머님 아버님 산소를 들른다
수년 정성스레 모셔온 나지만
가끔은 서운함이 앞선다

어머님은 가정의 안녕과 행복 자식 걱정이 전부
빌며 비신다
우리 큰애 중수 중합이 정기 막내 정필
나도 그러하지만
큰 부자 큰 명예 허세를 부린 것도 아닌데
이렇게 큰 아픔을 주시는지
이유를 모르겠다
잘 한다 잘 한다 하면서도
다 할 수 없는 현실 속
그래도 매번 술 한 병 사들고 다시 찾는 어머니와 나
행복이요 수명이요 사랑이자
보이지 않는 또 하나의 힘이자 희망이다

한 잔의 술

김치전과 두부 한조각 막걸리 한병에 또 한병
마주 앉아 한 잔 두 잔
수 십 년 삶에 응어리를 쓸어 내린다

내 마음 내려 앉은 사연 사연 함께 하려
친구처럼 연인처럼 함께 하지만 깊은 속 가슴 가슴
아픔에 그늘 자락 너무 많은 당신

그 언제까지 함께 할 수 있는 당신이 아니기에
또 한 잔에 한 병을 비운다

어머니 어머니 한 잔 더 합시다

손빨래

물초롱 물을 지고 양동이에 물 채워 놓던
그때 그 시절
어머니는 손빨래를 하셨다지

한강 물을 다 끌어 놓을 듯 집집이 샘을 파고
물이 넘쳐 흘러도 한방울 한방울로 손빨래를 하셨고

요즘 세대야
세탁기에 모든 것을 맡겨
시간에 춤을 추지만
어머니 어머니는 그래도
손빨래를 고집 하신다

그것이 행복이요 기쁨이라 하시지만
마음이 마음이 아프다
사랑인가
마음의 병인가

어머니

어머니는 풀밭에 앉아 풀 베시고
나는 그늘에 누워 당신을 그립니다

몇 마리 염소와 닭장 속의 닭
생명을 여는 작업임에 손놀림은 바쁘시고

푸른 녹지와 당신의 모습은 가슴 한 구석
느낄 수 없는 기쁜 감사와
사랑의 연줄입니다

나 또한 당신 사랑 가득 앉고
어림을 동경하는 작은 천사로
살렵니다

어머니

찬이슬 그리운 계절
바람이 보이는 언덕 넘어 넘실대는 풍요
밤 낮을 모르는 나는 배고픔을 잊은 채
어머니 숨결 그리운 곳으로 찾아드네

어머니 어머니는
내가 신경쓸까 말씀도 없이
어릴적 즐기던 개떡과 수제비로
배를 채우시고 진천으로 가셨다

샘가 물위 놓인 오이와
입김이 서려있는 토마토 몇 개
이 모두가
사랑으로 가득한
당신의 마음입니다

어머니

빨간 목띠를 두른 당신은
예닐곱 먹은 금순
갈매기 날아올 때
주름진 얼굴은 나의 보배

청춘을 보르기 삼아 포근히 감싸
푸르게 푸르게
만들어 드려야지

봉긋이 부풀다 못한 당신 가슴 대할 때
지난 날의 날 보는 듯 합니다
자그마한 나의 가슴으로 당신의
가슴을 이여
불룩한 가슴으로 만들어 드리렵니다

그러면 당신은 봄나비처럼
춤을 추시지만 안으로 안으로는
붉그만 방울 맺겠지요

내일은 당신을 등에 업고
저 너른 대지를 날려 합니다
아마도 쌀짐보다 무겁고 작은 동산보다
묵직할 당신입니다

당신의 눈금

가던 길 서럽다 되돌아보니
당신의 눈에는 눈금이 매였습니다
무엇이라 한맺힌 모습으로
눈으로 말하고 답하는
당신이셨습니다

불러도 불러도 소리없는 저 넓은 수평선
당신과 내겐 너무 좁지 않습니까?

당신이 남긴 한방울 눈금으로
떨음을 가르고 이제는 그곳으로
당신과 함께 떠나렵니다.

당신이 보고파 그리워질때면
당신의 눈금을 들춰보렵니다
아무도 없는 캄캄한 밤에
영롱처럼 맑은 당신의 눈금을

어머니

찬바람 안고 사는 당신의 손등은
거북의 등보다 골진 솔껍질

웅크린 마음은
타는 숯처럼 그을진 자욱

알면서 알면서도
마음은
긴 터널 속을 달리고 있다

병원 가는 날(1)

수줍은 새색시처럼 몸단장 하시고
병원을 가신다

먹을 것 입을 것 물만 한목축이시곤
혹여나 당신 몸에서 냄새날까?
당신 위함보다 선생님과 바라보는 자식을 위해
그것이 먼저이신 당신

어머님이 많이 아프시다
얼굴 눈빛 하나만 보아도 알 수 있는 것을
애써 아무런 표정이 없으시다.
괜찮다 괜찮아 하면서도
내 가슴이 뛰고 있다

나는 알고 있었다.
당신께서 몇날 며칠 무엇을 준비하셨고
무엇을 마음에 담아 두셨는지
그래서 그래서 가슴이 더 아프다

그럼에도 사랑합니다 사랑합니다
말 한마디 행동으로 전하지 못하고
가슴으로 달고 사는 내가 싫었다

병원가는 날(2)

보름하고 이틀이 지나
고름이 멎었다

수많은 환자와 가족들
생에 징검다리를 건너고
그들 속 내가 어머니와 손을 잡고 있다

몇가지 검사와 기다림
당신께서 살아오신 시간 만큼
길고도 긴 여정

다행히 선생님의 향기로운 말씀
숨 한번 크게 내쉰다

감사와 사랑
그리운 당신을 살며시
떠올려 본다

어머니, 어머니, 어머니. 당신과 함께라면

자신을 태워 세상 밝히는 촛불처럼
당신의 삶은 그 어디에도 없습니다

먹을것 입을것 잠자리 조차 좋은것은
자식 먼저 당신께선 항상 나중이셨지요

어려운 세간 살이 달고 달아도 한치에 흔들림없이
세상에서 가장빛나는 에머랄드 빛으로
되살려 놓으시고
죽으면 없어질몸 아껴서 무엇하랴 그 말씀
가슴이 아프고 저며옵니다

언젠가 내 작은 가슴 한켠 당신과 꼭 닮은
불씨 한 점 싹트고 있음을 발견할쯤
당신께선 겹겹이 쌓인 긴 세월의 강을
건너오셨습니다

오늘은 당신의 날입니다.
이 좋은 날 가슴 가슴 쌓인 근심 걱정
모두 내려 놓으시고 마음 가득
이 행복 영원히 맞이 하소서

이 세상 모두가
오늘만은 당신의 것입니다
사랑합니다 고맙습니다 감사합니다
어머니, 어머니, 어머니. 당신과 함께라면

명절이 지나고

사랑하는 가족을 뒤로하고
제자리 찾아든 시간

기쁨과 감사 얼굴엔 웃음꽃 피어나고
깊은 가을 숲 밤새우는 서쪽새처럼
남몰래 우는 여인들

그래도 함께할 가족 품이 있어
위안을 삼지만

모두 떠난 빈자리 그 내음 잊을까
마음속 깊이 쌓아가는 당신

힘들고 짜증나는 일 없으랴
어머니란 이름으로 감내하며
우리 가족 행복만을 빌고 빌며
모진 세월 살아 오신 임이시여

그 옛날 그러셨던 것처럼
오늘도 목석처럼
그런 당신을 사랑합니다

삼 만원의 행복

어머니와 수건 공장을 방문해
원 없이 사드렸다

없는 것이 아니라 당신께선 항상
부족하신 모양이다

마음이 든든하이 세상 모든 것을 다 얻은 듯
아이처럼 기뻐하신다

당신만을 위함은 아니지만
그것이 여자의 행복이요
세상 어머니의 마음인가 보다

알면서도 우리 큰것만 바라고 채우려 달려온 시간
작은 행복과 소소한 기쁨을 잃고 살지
이토록 삼 만원의 행복이 큰 선물임을
모르고 살아온 세월

당신은

내가 아파 힘들어 할 때면 당신은 당신은
가슴으로 우신다

내 삶이 힘들어 질 때면 당신은 당신은
종일 내눈을 마주하지 못한 채
아이 옹알이 몸짓으로 중심을 잡지 못하고

진정 건강하고 맑게 살아가야지
나를 위하고 당신을 위해서라도

살랑대는 갈대 끝순에 예쁜 잠자리
한쌍 내려 앉아
아무런 미색에 흔들림없이
그저 웃고만 있다

집으로 가는 길

하루 일 마치고 돌아가는 길
당신 손에 들린 장바구니 속
유독 삐죽 나온 대파 한 단이
내 눈을 사로잡는다

힘들고 지친 몸 사랑하는 가족과
누군가를 위해
그 어여쁜 마음이 자라나 듯

괜스레 부러움에
어머니가 계신 집으로 내 발걸음 재촉해본다

틀니

당신의 입 안은 반짝임이 없는
텅빈 옥구슬

김치 깍두기
소리내 씹지 못하고
얇게만 얇게만 되새김 할 때면

부끄런 내 마음 하얀 밤 불태우는
별이 되려나

오늘따라 어금니 하나
입 안 가득 흐늘거린다

당신을 대할 때면

당신을 마주할 때면
보이지 않는 두려움과 죄스럼에
마음도 오그라 듭니다

하루 이틀 뵙는 것도 아닌데
작게만 그려지는 모습은
당신의 거울 앞 티끌로 묻어나는
자욱입니다

언젠가
당신 근심 걱정 맑게 씻어줄
맑은 물이 되어 서있는
나를 발견할 때쯤

그래도
당신의 그늘이 그리워지는 것은
가슴 속 깊은 곳에 사랑이 샘솟는
어여쁜 전율입니다

돌탑

당신과 함께 쌓아올린 돌탑
수년간 모진 풍파 잘도 견뎌 왔건만
어느 날 찾은 시골 집 무너져 내린 추억
가슴이 내려 앉았다

어머님은 보이지 않는 손이 탔다 하지만
어디 그러랴 주변 환경과 변화
쌓아 올린 내정성이 부족한 탓이지

마음을 비우고 정성스레 한 단계 한 단계
처음처럼 다시 시작 하지만
그 님 계시가 아닐까

내 흔들린 마음 바로 잡고 버릴 것은 버리고
세상 모든 어둠에 때를 벗고 깨끗한 마음으로
새로운 덕을 쌓고 인생을 다시 살라 하신다
자신을 위함보다 남을 위하고
높은 곳보다 낮은 곳을 살피며
세상에 빛이 되어 몸과
마음을 수행하라 한다

그것이 모두를 위함이요 진정한 삶에
행복이요 진리라 무언의 말씀을 하신다
어머님 그 말씀처럼

선택

살면서 살면서 수많은 선택을 하지
어머니와 당신사이 보이지 않는 그 벽
너무도 높고 뒤엉킨 실타래처럼
처음과 끝이 없이
내 목을 조여 오는 순간순간들

나는 가슴 깊은 곳 그 사람을 묻고
마음이 정해진 대로 어머님에 손을 잡을 수 없는
현실 속 내 모습을 보았다

소슬 비바람 부는 밤부엉 우는 밤

그렇게 그렇게
무엇이 진실된 선택이었는지
세월이 지나고 나면
지금의 나를 볼 수 있을까

아니면 아니면 당신은 볼 수 있을까
어머니 어머니는 알 수 있을까
내 지난 날의 그 선택을

오늘은

믿음이야 하나님 부처님 어머님
나 자신 속 나를 찾아 가는 거지

구십을 넘기신 할머니가 지팡이를 지렛대 삼아
내게 건네주신 마음에 편지 한 장
어릴적 첫사랑에 수줍음 가득 찬 얼굴로

차마 내칠 수 없어
끝까지 읽고 챙겨보지만
고맙고 감사한 일이지.
온종일 어머니 마음으로
오가는 사람 반기며
하루가 가고 이틀이가고
삶의 끈을 여며 가시는 당신

지는 해가 다가도록
보이지 않는 당신은
오늘은
오늘은
내 심장이 뛰고 있다
그리운 여인에 기다림 마음처럼

굽은 등

내 어머니처럼
구십을 넘기신 노모가 등을 땅에 내려 놓고
아들 곁을 지나신다

뒤를 쫓는 당신은 지팡이에 온 힘을 기대며
아들에 마음의 짐이 될까

가끔은 굽은 등 바로 세워보지만
내내 어쩔 수 없는 모진 세월

그래도
당신 그 모습이 진정 이시대의
어머니 어머니 모습입니다

나의 아가야

장미꽃보다 곱고 사랑의 열매보다 고운
사랑하는 나의 아가야
네 모습을 보고 있으면
온 세상이 숨을 죽인 듯
평온하기만 하여라

종일 재롱으로 모든 이를 즐기던
그 모습 한아름 부둥켜 안은
따스한 엄마 품에 살며시
잠기는 구나

금새라도 피어오를 듯
엄마 가슴 향기내음 한입 물어
엄마의 모든 것을 빼앗아 달아나는 구나

알알이 영그는 사랑의 씨앗
엄마도 이젠 아픔을 부르고

아가야 아가야
무럭무럭 자라만다오
하늘이 닿는 그날까지

새근이 꿈꾸는 나의 아가야
무엇을 꿈꾸느냐
엄마 이마 위 갈매기 날고
머리끝 흰 눈이 소담히 쌓일 때면
아가도 엄마가 되어야지

그러면 엄마도 엄마의 아가 되어
다시금 아가의 이름을
불러 보련다

아가와 엄마

목적 없는 여행길
아가와 엄마가 올랐다
뉘 그리는 아가의 두 볼에
수정보다 맑은 눈물이 보인다
엄마는 아가를 향해 몸부림치다
이내 아가가 되어 가고

이름 없는 사람아
엄마를 보라
아가의 작은 입술에 풍성한
젖을 물린다

아가는 작은 웃음으로
엄마를 사랑하다 다시금 붉은
눈물을 흘리면
엄마도 못내 따라 울고

모녀의 눈물 속
아빠의 모습이 아롱져
내린다

이혼녀

짝 잃은 새 한 마리
세상 눈 두려워
박쥐가 되었다

눈먼 사내는
고삐 풀린 망아지처럼
마음의 창 걸어닫고
삶의 키도 버린지 오래

견우 직녀의 모습도
남과 북의 이산가족도

손과 손을 놓아버린 지금
아이들 두 눈마저
붉은 도장으로 그늘져 버렸다

그래도 살겠다고

그래도 살겠다고
고향 등지고
긴 머리 동여매며
꿈도 꾸었는데

경제적 한파, 주위 환경…
갈대의 흔들림으로
마음 마저 가위질하는 그녀

그래도 살겠다고
손마디 마디 핏기 세우고
마음 돌려 노래도 부르련만
가위질, 빗질 흥미도 잃어
술집엔 친구도 두었다

그래도 살겠다고
아침이면 거울 앞에 마주 앉은 모습
가위질 만큼 이나
마음도 바쁘다 한다

태영 어머니

영롱한 꽃잎 속 이슬방울 처럼
해맑은 눈동자에 바라보던 그리움

속 깊은 사연 마음 속 고이 접어
숯덩이로 타들어가도 남몰래 흘린
눈물로 목마름 채우시고

하나님 은혜와 사랑으로
흔들리는 마음 추스려
빈 가슴 채우시는 키 작은 오뚝이

홀로된 시어머니와 아들의 아들
힘든 모진 세월 가고나면
가슴 벅찬 행복이 찾아옴을 알기에

어머니 힘으로 비바람에 흔들리는
갈대처럼 몸과 마음 다독이며
사랑만은 영원하리
믿고 사는 태영 어머니

진영 어머니

힘이 든다
내 한 몸 부서져라 한 곳만 바라보며
달려온 세월

남편의 빈자리 친구처럼 말없이 기대가며
힘겹게 지내온 딸아이가
막다른 길로 가고 있다

무엇을 위해 누구를 위해
알면서도 삶에 지친 설움에
순간순간 마음의 앙금으로 남아
내 마음을 뒤흔든다

너무도 사랑했기에 너무 믿기에
뒤돌아서면 다시 살아나는 그리움
어쩔 수 없는 천륜의 업겁으로
내 마음을 후벼 파고 있다

어머니 마음으로 빌고 빌어보지만
진정 사랑하고 있음을
그 아이는 알고 있을까

오늘도 어디서 무엇을 하고 있는지
전화벨 소리는 아무런 대답이 없다

호경 어머니

갈대 끝자락 살포시 내려 앉은
꽃나비처럼 우리 가족 일원으로
지내온 십 수 년 세월

크고 작은 애사도 많았지만
힘든 내색 없이 곱디 고운 마음으로
함께 지켜준 고마운 천사

호경엄마로 아내로 며느리로
따스한 기운 품어주며
한 가정의 기둥이 되고

살면서 속앓이로 많았지만
아픈 가슴 달래가며 두 손 꼭 잡고

새해엔 더 큰 꿈 행복 찾아
맑은 웃음 지어본다

시장 할매

하얀 설야 양지바른 숲
숨 쉬고 있는 겨울 살이 찾아
숨바꼭질 하듯

봄기운 살랑대는 냉이, 쑥, 다래
한 바구니 가득 담아
오가는 사람 부른다

온종일
웅크린 모습은
두 주먹 움켜쥔 소녀상처럼
세찬 칼바람 묵묵히 안아

생의 생명줄을 당기며 함께하는 삶의 여정

기다리는 사람과 찾아드는 사람
마음과 얼굴엔 함박꽃 피고

구름 사이로 내리는 햇살이 봄기운에 녹아들며
모두가 오랜 날의 삶이란다
인생이란다

대경 어머니

이국만리 삶의 꿈 희망 찾아
젊은 날 타양 살이 설움도 많았지

힘든 고비 고비 옥녀봉 바위틈 소나무처럼
푸른 마음 푸르게 푸르게

따스한 보금자리 사랑하는 임 만나
미래로 찾아가는 행복에 여정

한해, 두해 대경, 태경, 세상 빛이 되어
어머니로, 아내로, 며느리로…

금이야 옥이야 살갑게 보듬어 가며
알뜰살뜰 행복을 키워가는 여인

오늘도
당당히 한국에 어머니란 이름으로
토닥토닥
발걸음 재촉해 본다

2부

단비

가뭄

거북의 등보다 골진
농심에
흙먼지 날린지 오래.

속살 드러낸 저수지
작은 웅덩이로 나뉘어
목마른 붕어떼들
한모금 물을 다툰다

촉촉한 단비를
입질하는 일기예보관의
익숙한 거짓말에
날마다 기록은 갱신되고
열병을 앓는
산과 들
하늘향해 오늘도
푸념만 해대고 있다

단비

찢겨진 상혼 어루만지며
사랑의 손길
땅에 내려와
도랑에 줄기를 트고

먼 하늘 바라보다
그 소리에 정이 들어
구멍 뚫린 우산 속
파릇한 기도를 드리며

그리움에 여며오는 빗줄기를
온몸으로 끌어안는다

비 속의 나

대숲을 헤매이던 어느 날처럼
비 속을 거닐고 싶다
비는 내리는데 우비 입은 아이들은
먼지 낀 가슴을 색색의 꺼풀로
우산을 만들어
내리는 비를 피하려 한다

오늘
내일
심지 없는 촛불켜듯 삶의 심지도 없는
긴긴 삶을 말없이 빈 촛대위에
태워왔다

막걸리 한 잔으로 배를 불려
홍조빛 얼굴에 또 하나의 붉은
촛불을 켜들고
겨울비 속의 나를
찾고 싶었다

봄내 낚기

찬이슬 잠재우려 실낱 같은 햇살 가득
갈잎에 스며 수북히 이불 뒤쓴
봄의 창영이 푸솜보다 보드란 얼굴 내민다

보물 찾기에 숲 헤짚는 아이처럼
곳곳이 봄내 쫓는 콧김은 모두가 가득 가득
넘쳐 흐르고,

내일의 식탁위엔 봄향기에 취한 식솔들이
봄내 낚기에 한창이다

들망초

숨막힌 세상 깡그리 부끄리고
새로이 망추가 한 옴 돋는다

숨소리 없는 버려진 세상
길모퉁이 돌아눕는
나만이 찾는 작은 정원

아리따운 멋과 꽃 나비 부를
향은 없어도
5월의 화신이라 부르고 싶다

나도 한 옴 돋는 망추처럼
한 치의 꾸밈없이 맑게 맑게
살고 싶어라

음악의 향연

여린 선율 위 활돋는 음악의 향연
밤하늘 함초롱 연분홍빛 내려
꿈꾸는 수평선 일곱색깔 불빛 아래
춤추는 작은 연인들

붉게 달아오른 하늘가
한 줌의 냉을 뿌리려
한조각 구름되어
바람 나르네

꺼져 가는 불빛 아래 마음은
슬픔을 머금고 토해대며
향연에 비를 뿌린다

아스라이 웃음짓는 달빛창가
아가에 손톱 만큼이나 작게 그을린
눈빛으로 살포시 내게 내려
입맞춤 한다

새들은

곱게 길들여진 아이처럼
두 날개 푸덕이며 넓은 세상 그리는
순수의 몸짓

서로 마주치며 의지하듯
재잘대는 모습은 새로운
미래를 연다

자연의 순리인양
병마와의 싸움 끝에
고향으로 돌아가는
연습을 끝낸지 오래

오늘은 어느곳 서성이다
비상의 날개
내품에 접어주려오

날개

내일의 빛 찾아
우리는 하나의 날개를 펴고
꿈을 낚는 어부의 마음처럼
향기로운 낚시밥을 던져야 한다

날고 날아도
고달픔 없는 황금같은
날개를

지난 날
우리는 작은 날개를 푸덕이며
무명의 작은 새처럼
창공 위 지배자를 꿈꾸어왔던 것이다

이제
당신은 날개를 접고
쉼터로 향해
평온함을 즐기는
여유분의 날개를 지녀야한다

상계동 사람들

어제의 삶이 고동치고 있다
가진 것은 타다 남은 남은 불 등과
솔봉이의 생그래한 웃음
그리고 숫처녀의 발가벗은 몸 하나

낮에는 엷은 천으로 몸을 사르고
부연 하늘과
담금질을 한다

밤이면 엷은 천 풀어 하늘 덮고
검붉은 물감을 뿌려
몇 개뿐인 별을 지워 내린다
셋 둘 하나

여름 날 고향에 번득이는 반딧불 추억인 양
실바람에 쓰러질 듯 쓰러질 듯 춤추다
새로 새로 새어드는
너와 나의
따사로움이여

새어드는 방

회초리로 변한 빗줄기는
지붕을 향해 내리치다 힘에 겨워
눈물을 흘리고 있나 봅니다

설움에 매인 아이의 눈물처럼
자그만 멍석위로

하늘을 올려보면 새어드는 별도 없는 밤하늘
뉘몰래 스며드는 눈물인가 봅니다

소리없이 흐늘대는 밤
빗소리에 감싸안긴 나는
이로서 당신이 별밤 헤아리는
마음을 알려나 봅니다

모두가 잠든밤
남몰래 흘린 눈물 자욱도
이 밤이 새면 한 잔에
목축임이 됩니다

고향에의 꿈

부글부글 끓어오르는 안개 속 살포시
피어나는 꿈의 날개
새벽녘 안개처럼
날려오는 님의 향기
초록빛 반짝이는 이슬되어 살그머니 내게
내려 앉는다

향기론 밤 깊고, 이슬은 허공 속 방울 방울
떠오르는 환상 속으로 아련히 느껴오는
고향 내음
아…

눈가엔 안개비 내려앉아, 커다란 방울되어
눈망울을 터트렸다

그 새 영혼은 한 마리 새가 되어
따스한 그 곳으로 날고 싶어라

나그네의 집

황혼이 물들면 몸은
오색 빛으로 분칠을 하고
새벽을 줍는 여인처럼
부지런을 떤다

듬성한 별들이 앞 다투어 빛 뿜으면
길 잃은 나그네의 쉼터라
예서 쉬어 가라 붉은 꼬리를 떤다

보들보들한 여인 가슴 그리워
한 잔에 술내음 그리워
짝 읽은 밤은 한 곳으로 한 곳으로
모여만 든다

여인들은 눈을 해반닥거리고
나그네는 한 잔 술에 만취되어
가슴으로 가슴으로
긴 파도를 즐긴다

여기
바람과 구름과 나그네의
집에서

여윈 그림자

두 개의 모습으로 살아가는 우리는
육신에 꺼풀로 만든 체온과, 혼맥이 숨쉬는
또 하나의
그림자를 지니고 산다

어둠이란 거적으로 숨기려 하나
보이지 않는 곳에서도
당신의 여윈 그림자는
숨을 쉬고 있는가 보다

말로서 풀어낼 수 없는 인간의 얽힘 속에
여윈 그림자의, 삶 또한
빛과 어둠을 가르는 신비성을 지녔으니
그것은 우리 몸체의 일부인 것이다

쌍둥이의 모습이 하나가 아니듯
거울 속 비친 네 모습이
내 아니길 바라듯이

여윈 그림자의 삶 또한
그와는 닮지 않은
그림자를 자아내고 있는가

자화상

빈 가슴을 채우고 싶었다
모양은 없어도
자기만의 형틀을 갖고 살리라

지금 이 모습 세상 뉘 그리는
구시대적 자화상 일까?

철새들의 하룻밤 덤풀처럼
생의 항로에서 짜여지지 않은
또 다른 그림자로
남아있었다

옷을 벗고 싶다
악의 잔재가 묻어있는 옷을 벗고
아담과 이브의 신화론 속 깊이
내 모습 담고 싶었다

가다 가다
어둠이 하나로 내리면
한줌의 반딧불 움켜쥐고
돌아 서서 두더지의 모습도 아닌 모습으로

그곳에 내 모습 없노라면
그녀의 태속 꿈꾸는
이름 없는 아이로 돌아가리라

가을

가을은 담비의 계절
향내 가득한 산엽길에
어린양 벗하고
은행잎 바람 따라 춤춘다

어디를 구르는가
밟아도 밟아도
아무런 대꾸 없이
어느 별자리를 찾는다

갈잎의 노래

산들바람 불러와 갈잎의 노래
숲속 나뭇잎 고개 떨군 이곳에
한 잎 두 잎 바람 따라
어디로 가나
내 맘 갈 곳 잃어
갈잎을 줍는다

내일이면 색바람 내게 불어
길 잃은 나그네
말없이 어디로 어디로
내 마음 갈 곳 잃어
갈잎을 줍는다

제비봉 정상에서

가을산은 한 폭의 그림으로 다가와
자연의 숲으로
돌아가는 연습을 한다

백설의 꿈을 알리는
신내린 땅
하늘 위 오르니,
지상의 숨소리 멎고
가슴 속 내린 고요

산허리 허리 세월의 비수 끝에
바위숲 구름 한 덩이
그윽하고,

세월의 꼬리를 좇는
메아리 소리만
물결 속 내려
돌아옴에 길을 잃었다

겨울 비둘기

은빛가루 맞으며 비둘기
날아들었지

날이면 부리로 땅 일구며
꿈도 꾸었고
하루 이틀…
양지 바른 숲
그대 영혼 잠든 곳

모든 것이
살기 위한 몸부림임을
알게 되었지

눈오는 날에

마음을 하나로 비우기 위한
비구니의 모습으로
눈 위에 내가 서 있다

세월에 떨고 있는 작은 새를 보며
아쉬움이 너무 많아
창을 열지 못함을
새아씨의 바램이던가
떨리는 가슴

끈끈하게 매달리는 사연들
툭툭 털어
바람에 날리며
눈길을 걷고 있다

눈 맞으며

쌓인 눈 제 모습 드러낸 날
창조의 거울앞 하나로 선 난
앞선 그림위에
색칠을 시작한다

그림이 완성될 쯤
누군가를 위한 여백을 마련하려
지우개 질을 하는데
아무런 몸부림 없이
앞으로 앞으로 페달을 밟는다

빛 내린 오후
어느 유명 화가의 그림도
그림도
여울 속 뛰노는 작은 여운이었다

유년의 둥지에서

세월을 잡을 수는 없지만
그러나
상신의 상아탑은 높아만가고

우린 오늘 또
어머님 젖무덤 같은 모교 교정
포근함을 더해주는 흙을 밟으며
선후배 동문들 손에 손을 잡았습니다
늘 푸른 꿈이 자라던 고향 교정

언제나
멀게만 느껴지던 백미터 라인
하늘을 달리듯 하던 미끄럼틀 사이
무지개 빛 사연으로 엉그러가는
상신인의 보람을 우린 보았습니다

오늘과 내일의 삶이 약동하던
복 받은 이 터전
우리들의 기상과 예지가
닫아진 미래를 여는
동방에 등불로 타오를 때
상신인은 감각할 것이외다

그 따스했던 유년의 둥지를
아교보다 끈끈한
상신인의 사랑과 우정을

그리고 너와 내가 아닌 우리임을
오오, 상신인이여!
우리 얼싸 얼싸 좋은 땀 흘리며
옛날을 딛고 오늘을 춤추어 보자

3부

만남을 위한 작은 선율

만남을 위한 작은 선율

그리운 사랑 찾아 별헤는 나그네로 살고 싶네
산여울 소녀가 남긴 멜로디와
네온싸인 일렁이는 하늘 아래 춤추는 기억

사랑이란 너울로 살포시 다가서는
한 걸음에 느낌처럼 또 하나의
작은 삶을 남기고 싶었다

곱디 고은 기타 줄 수 놓으며
만남을 위한 작은 선율 위 당신을 위한
옛 추억을 담아 드리고 싶어라

그 한사람

산을 품은
심만이 마음처럼
누군가 찾아가는 길

꽃향기 없어도
별 나비되어
날아 들고픈

마음에 눈으로
살아있음을
답내할 수 있는

삼라만상 살고지고
그러기에
한번 쯤 곡 만나야 할

그
한 사람

인연

사람의 인연이란 어디서 오고 어디로 가는가?
가까이 있어도 스치는 바람처럼 만나지 못하고
이국 멀리 있어도 부부에 인연으로 산다

세월 속 인연도 가지 가지

인연으로 만나 살다가 인연으로 끝나고
새로운 인연을 꿈 꾸지만

모른다 그 아무도

새로운 인연이 내 인생 다시 찾아들지
그래도 준비하고 그리워 하며
열린 마음으로 세상을 봐야지

이 생명 다하는 날까지
그 인연을 그리워 하며

만남 1

어늘 날인가
그녀 앞에 서 있었다

준비된 모습은 아니었지만
진솔한 마음 하나로

아무런 조건없이
손에 손 잡고
조금은 닮아버린

이른 봄
물오른 꽃망울 처럼
첫사랑이었다

만남 2

철새들의 인연처럼
그녀를 만났다

자유를 찾아 목숨건
맑고 수수한 그 열정
그것이 좋았다

둘만의 둥지속
작은 설레임
삶의 동반자로
마주 서 있길

내일은 수평선 너머
새로운 세상
함께 꿈 꾸리

새로운 만남 1

그녀를 만났다
바람에 실린 듯 구름에 가린 듯
갈대의 몸짓으로
처음 만났다
이야기를 했다
조금은 밑가슴을 내보이며

숨소리를 듣는다
멈출 수 없는 고장난 엔진위
몸을 맡긴 채 한 곳으로 찾고 싶은
작은 설레임

새로운 출발 선상
한 발 앞서 내딛고 싶은 마음

분명 꿈속은 아니였고
그렇게 처음 만났다

새로운 만남 2

그녀를 만났다
친구처럼 연인처럼
가슴에 싸인
응어리를 풀어 내렸다

깊은 샘 두레박 가득 담긴
목마른 사연들 함께 나누며

가끔은
현실을 잊은채 야생마의 몸짓으로
다가서는 기쁨

어느날
사냥꾼에 쫓기는 한 쌍의 사슴처럼
산야를 흔드는 포승의 소리

그것이 진정 사랑이였고
행복이라
말할 수 있을까?

새로운 만남 3

혼자가 아니였다
그것을 알기에
가슴 속 밀려드는 당신의 따스함이
마을을 슬프게 한다

알면서도 붉은 노을 여운 빛 사연처럼
둘만의 추억을 채우고 싶었다

첫사랑에 전율처럼 설렘을 그리워했고
혼자가 아니라는 그 무엇이
가슴을 취하게 했다

휴전선 철창 높이만큼
넘을 수 없는 거리

그것을 알기에
동면을 준비하는 몸과 마음은
몸단장을 서두른다

사랑론

풀잎에 흔들림이 당신에
마음을 깨웁니다

꿈으로 뜨려하지 않는
잔잔한 파장은
내 마음도 깨웠습니다

다가서려 하지만
너무나 자라버린
세월에 당신은
숨소리조차 없는 빈 틈하나

아무도 없는 밤
마음하나 튕기고 싶은 것은
당신의 파장을 기다리는
소리 없는 마음입니다

그리움 1

말없이 떠나버린 여정의 시간

두 눈길 마주하던 자리엔
슬픈 자욱 달래려 텅빈 마음 떠돌고

자유를 등진 발악의 소리로
달려들 것만 같은 옛추억

검게 그을린 손 끝에 묻어버린
빈 허울만 가슴에
묻혀 오른다

그리움 2

내가슴은 당신의 가슴으로
그리움에 탯줄을 끊었습니다

어제의 여유롬은 하나의 불빛으로
반짝임에 눈빛을 태우고

맴도는 그리움
본을 쫓는 몸부림에
생의 시차도 사위여 가고

얼마나 흘렀는지?

내 진정
주고 싶은 것은
발악에 몸짓으로
네안에 다가선
어여쁜 마음입니다

그리움 3

실향민의 마음처럼
그녀가 사는 하늘을 본다

황사에 가려진 세상만큼
흐릿한 형상

층층이 내려 보이는
가장 높은 곳
독수리 한 마리 누군가
배회하고 있다

그리움 4

눈 감으면 꿈 같은 세상
엷은 마음 창가에 누워
그대 숨소리 듣는다

시공을 넘나들며
곱게 물들이고픈
향기 가득 젖어 오면

그대 마음속 살 수 없는 빈가슴
버들잎 한잎 물어
띄워 보내리

당신

마음은 당신 그리워
돛을 띄우고
펜 끝을 흐르는 잉크빛 사연으로
달려가지만

그리움은 한 켠
이슬 방울처럼
작은 빛을 간직합니다

남은 것은 당신의 마음
기다림
또한 나의 기쁨입니다

그녀

내 품속 마음 심던 그날처럼
세상 꿈 꾸고 있으리

비좁은 공간 숲
요정에 물결 춤추던 곳

일제 탄압 속 말없이 피고진
우리의 선열처럼
생애 고리를 트는 기쁨으로
선 걸음친다

그래도 가슴 속 남아 사는 것은
그를 잊지 못한 가슴이 살아 숨쉼을
그녀는 아는지?

오늘도 그녀의 가슴 속 깊은 곳
빈 가슴 들여 눕는다

사랑

당신이 좋은 듯 한데 내 전부를 열 수 없는 마음이야
국경 없는 사랑으로 나를 인도하지만
사랑에 기쁨은 빈자리로 남아
욕정의 깊이를 넘나들며
인간의 본성으로 길들여진다

내생에 참 모습이 아닌 줄 알면서도
사랑에 순정보다 정열로 숙성해 버린 시간

오늘은
그대 진실한 가슴속 깊이들어
고운 숨결 느끼고 싶은 것은

모두가
내 삶에 그려진
여정의 자욱입니다

종점

검푸른 수평선 홀로서니
모두가 꿈이런가
내모습 찾을 길 없어라

한없이 뛰어 날아도 줄지 않는
그속 말없이 손짓하는 것은
바람 소리 뿐
진정 내 모습 없어라

불러도 불러도 대답 없는 대지 위
물안개 밀려오면
한발치 한발치 다가서는
수평선 종점이여

삶의 여유로움

봄볕 따슨 날에
단색의 그림 속
하늘이 내려 앉은 듯
구름 한조각 없는
동화의 나라

흉금을 잃은 그림자
그림 속 내려
자유를 터득이듯
사랑의 수를 놓는다

푸른 빛깔에 깊이 만큼
푸른 빛깔에 높이 만큼

삶의 여유롬도
오늘만 닮았으면

4부

내가 서있는 자리

장회나루

제비봉 자락 매달린 달빛
유유히 흐르는 구름 벗 삼아
강물 하나
빈 가슴 쓸어내린다

새아침 눈 부비면 구담봉 어깨 넘어
병풍 처럼 돌아눕는 옥순봉
구름도, 인생도, 세월도
쉬어가는 곳

어릴 적 그려놓은 고향의 품인 양
말없이 반겨주는 본연의 향수

찌들린 마음 하나 달래려
수없이 오가는 사람
사람들

푸드뱅크 사람들

빈가슴 채워 나눔을 수혈하는
천사들의 미소

그늘진 곳
새 생명 잉태하려 어둠의 덫을 열고
아침을 줍는 사람들

언제나 그러했듯
하나되어 살맛나는 세상
만들자 한다

그들 속
꿈꾸는 내가 있어
가슴에 샘 솟는다

남대문 시장

주인을 찾는 눈동자엔
새 삶이 태동하는 곳

몸집보다 커다란 봇짐을 메고
개미의 행렬처럼
굽이 굽이 숲 헤집는 여인들

색색의 옷깃 만큼이나
살찐 마음으로 입맛에 맞는
먹이를 찾는다

이 시간
두 눈 뜨고 있어도
내 작은 삶이 부끄러워
새날을 점치는 네온싸인 현란함에
두 눈 감는다

야간작업

꿈이 있어 꿈을 먹는다
용광로 불길 속으로

가로등 빛만이 안개에 쌓여
빈 밤 주인인 양
저 혼자 뽐낸다

날개 잃은 새처럼
지친 어깨에 쏟아지는 그리움

마음은 햇살드린 창가에 누워
고향 품속으로
찾아들고 있었다

눈물이

아무런 기쁨도 슬픔도
아니었는데
눈물이 흐른다

언제부터 걸음마를 시작했던가
가슴 속 작은 세상
꿈 꾸려던 날
눈에는 눈물이

꼬리 잘린 강아지야
슬퍼 말아라
수많은 사람은 웃고 있는데
눈에는 눈물이

직공

어둠 속 한 조각 빛이 밝기를 더하듯
땀의 빛 바랜 삶의 자태는
한 푼의 셈에 정지되고
프레스 공의 숨소리는
앙금에 재여
제 모습 잃어

용접공이 내뱉는 불꽃은
검붉은 쇳덩이로 몸을 도색하려

우리의 몸은 어둠에 빛 바랜
날짐승의 눈이 된다

실언

얼굴은 달아 올랐다
숨 쉴틈 없이
콩깍지 타는 불씨처럼
마음 짓누르지 못했다

긴-숨 쉬고서야
재로 남은 그을림으로
잰걸음 쳐 보지만
가슴이 저린만큼
수렁의 늪은 깊어만 오고

내일은
불 붙은 태양 끌어 안고
내가 먼저
맑은 웃음지련다

작은 둥지

삶의 쉼터인 양, 마음과 마음을 열어주는
사람과 사람들
집으로 돌아가는 방향도 잃었다

아무런 꾸밈없이
하루에 피로를 씻고 마음에 부를 찾아
하나되는 연습을 한다

막걸리 한 대접에 김치 한 조각
인고에 세월 잔 속 토아대며
삶의 응어리를 풀어 내린다

찬란한 불빛은 아니어도
하늘이 주는 자연의 소리와
여름날 고향에 온화함으로
하나둘 자기만의 허물을 벗는다

머나먼 타국에서 찾아온 이방인과
흙을 닮은 농부
세계인이 어우러져
자신을 찾아가고 있다

이곳
사람과 사람 사이에서

지게질

살아온 세월 만큼
무직한 볏단을 진다

가야할 곳 있어
저만치 바라보면
뒤로 밀려나는 땀 흘리는 산과 들

하루의 피로를 씻고
육신을 누이면 잠 속에서도 따라오는 걱정 거리

어디서 불어오는지
점점 거세지는 개방의 바람
이곳 저곳 한숨소리
들판의 폐부를 찌른다

이땅을 사랑해야지 사랑해야지
아버지의 말씀을 새기며
身土不二의 볏단을 나르는 나

조각난 영상

지우고 싶었다
뇌리 속 잠재하고 있는
모든 상념들

희로애락 종말을 기다리며
봄날 새순 내민 뻘기처럼
백지 위 내 영혼에 발자국
그려 넣고 싶다

말없이 두텁해 버린
영상의 벽

겨울날
밤새 내린 눈 맞으며
북극 어느 작은 섬
홀로 남고 싶었다

불면증(2)

어둠 쌓인지 오래
밀쳐도 밀리지 않는 어둠 안고
그리움에 웃음 뱉는
몸짓을 한다

낮에 드린 커피잔을 멀리하고
먹이사슬처럼 엉킨
뇌리속 잠재우려
별밤 헤아려도

수없이 스치는 허상의 가닥들
나를 맴돌고
더욱 슬퍼지는데

가슴속 작은 설레임은
창으로
창으로
눈길을 돌려 눕는다

술

한 잔 술내음은
인간의 삶을 표출해 내는
거울과도 같은 기계

춤과 노래의 명수가 되는 이와
벙어리의 말문을 토해내는
양수기와도 같이

만인의 삶에 도취되어
한풀이를 곁들이는
양념과도 같다

나 또한
그와는 닮지 않은 그대기에
그대로의 모습이고 싶어라

노을빛 연가

노을빛 언덕은 첫날밤의 사랑의 빛으로
가는 해를 달래는 음양의 길목에서
태양이 비춰 놓은 양보의 빛이다

바람은 무명의 화가요
구름과 빛은 화가의 눈에 비친
구상도가 되고

노을빛은 곡예사의 몸짓으로 목마름을 느낄 때면
태룡산 기슭 진곳 몸을 닦는
길손의 몸이다

이밤이 새면
영롱한 이슬 한입 물어
꿈 꾸는 날 향해
입맞춤 해주려마

미용실에서

긴머리 한 손에 쥐고
울고 있는 소녀

지나는 사람
불붙는 눈빛
삶을 잉태하는 작은 선율

바람이 인다
함께 하던 바람 스치우고

그녀의 눈물속엔 작은 머릿결만
휘날리고 있었지

들녘엔

물씬한 하늘 접으며
연초록 빛깔로 수놓은 들녘엔
내일에 꿈을 여는 몸부림

푸른 잎새로
촉촉이 내리던 봄비 멎으면
햇살도 언덕을 넘는다

어릴적 한줌 흙으로
일구워진 세상과
살아있는 만물이 어우러진
삶의 요람

자연의 소리로
천지를 마주하듯
돌아서는 메아리
서글픈 낙엽 뒤로 몸을 숨긴다

내가 서 있는 자리

앞만 보고 가다보니
걸어온 발자국은 서릿발처럼
앙금으로 가슴에 밀려들고

마음에 짐을 비우니
삶의 부피는
저만치 자라 있었네

부와 명예
손등의 잔금처럼 허상의 가닥들
삶의 잣대로
내게 내려 앉는다

그래도 살아있음을 말해주듯
내가 서 있는 자리 위엔
새록 새록 숨소리 들려온다

과욕

그래
현실의 아픔에 내일을 보지 못한 채
허상에 꿈을 꾸었지
내 쉴
한 평에 땅도 일구지 못하고

풀뿌리 없는 옥토를 찾아
빌딩 숲 생명없는 그늘 아래

그래도 처음 눈을 떴을 때
마음의 고향에서
둥지를 틀자던
그 마음 잊지 않았지

5부

망향의 하루

홀씨

밀려드는 그리움
저켠에 두고
홀로서기 위한 기다림의 여정

바람 등지고 꿈찾아
더듬이질 하듯

한 번 내리면
이 곳이
새 생명의

본토임을 알기에
조심스레
둥지를 튼다

주문진항

출항을 준비하는 어부들 눈에
별빛 내리면

주워진 삶
겹겹이 옷 여미고
칼바람 맞는다

밤낮 없는 넓은 세상
만선을 꿈꾸는 그물엔

우리네 꿈과 붉은 태양도
함께 있었다

함께하는 세상

모두가 제 멋에 사는 세상
긴 세월
누구를 위한
밀고 당김인가

아이 어른
제 멋에
욕 부리는 허구
한 호흡 낮은 목소리로
부르는 노래

오늘이 가고
내일이 오면
모든 것이
함께 꿈꾸는 세상 속
우리인 것을

부모

부부는 닮는다 했던가
오십 여년 한 지붕아래
마주 서서

삶의 희로애락 가슴 가슴
여며온 세월

가지 많은 나무 바람 잘 날
없단 그 말씀
가슴에 응어리 되어
나를 울린다

알면서도 알면서도
제 자리 찾아들지 못함은

주름진 얼굴엔 그 그리움 그 사랑
쌓여만 간다

세월(아버지)

빠진 머리카락 숫자만큼 흘러버린 세월
예전엔 몰랐는데
너무도 닮아버린 당신의 모습

불혹에 세월 지나 고희를 넘나드는
작은 생의 파노라마처럼
찾으려 찾으려 하면
자꾸만 달아나는 옛 그림자

그래도
아름답게 꿈꾸는
내일이 있어 살맛나는 세상
진정 오늘따라
당신이 그리운 밤입니다

그리운 내 아버지

세상 엿보기

손가려 하늘 보지 말고
가슴으로 마음을 보라

무거운 짐 혼자 지려 하는가?
세상 물 흐르듯 순리대로 살 수 있나
뭘 그리 놀라나

자아도취에 빠져
수렁에 늪으로 밀려드는 그대들이
새 세상 보이겠는가?

어여쁜 마음으로
곱게 봐주세
가엾지 않은가?

마음속 눌린 공덕이야
다음 생에 나누면 되지 않겠나
여보게
새 하얀 도선지위 먹물 한 점 번진들
이 세상이

비듬

첫 눈 위 발자국 하나 남길 만큼
쌓여 가는 비듬 조각들
뇌리 속 뒤흔들며 쏟아진다

꿈이 아닌 현실 속 사연 사연
밤하늘 별들에 숫자만큼
끝없이 끝없이

바람에 사라질까
꿈 속이라 말할까

오늘이 가기 전에
카메라 속 고이 담아둔다

봄날

물먹은 버들 잎 끌어 안고
잠든 아지랑이 피어나면
타들어 가는 속살 만큼
따사로운 봄볕아래
색색의 사연 다 품고
하얀 둥지 속 샘솟는
진솔한
마음하나
싹 티우리

대설

높고 낮음을 아는 농심의 마음속
한숨 소리 쌓여만 간다

엿가락보다 강한 흔들림으로
말없이 남겨 놓은 겨울 자리

눈물 없는 멍든 가슴
보듬어 내리려
하얗게 하얗게

그래도
살아야 하기에
입 안 가득 담배 연기
뿜어 올린다

세상 구경

박쥐들이 사는 세상처럼
밝고 어두운
높낮이 없는 하늘 아래

곧게 서서
낮은 포복으로 사는 모습
그들은 날개를 달았다지

잠든 밤 꿈으로 보는 세상마다
샘물처럼 맑게 드리워진
세상 그리워

밤이 두려워

밤이 두려워
가슴속 찬 이슬 내려
어디서 달려드는 까막 구름
이고 눕는 밤
여미어 오는 따스함 속에
안겨오는 풀벌레 소리

머리를 흩트려 집을 찾아 날아 들면
밤을 먹고 사는 밤도둑들

꿈속 까지 찾아들까
꿈이 없는 밤

밤이 두려워

아픔은 사라지고

수많은 은방울이 빚어놓은
무명의 꽃 한송이
오늘 내일 피우려나
마음 조린다

긴 세월 어둠으로 굳어버린 날들
가슴 가득 보듬어 앉고
장벽의 문을 연다

새 삶을 재촉이며 꿈길 걷던
소년이 생이별을 하려
눈을 감는다

잉태된 몸짓으로 들려오는 소리
엄마야 누나야
춥다 추워
엄마에 밝은 웃음 누나에 애린 미소

눈가에 은방울 입안가득
화사하게 내리던 햇살도
구름에 가린다

똑 똑 똑
백의 천사 다가와 사상에
노래 부른다
이제는 이제는 모든 아픔이
사라졌노라고

세월속의 나

세월은 말없이 제 할 일 하고 있는데
바닥을 뒹구는 물고기처럼 헤진 마음은
중심을 잃은 돛단배

저녁엔 노을 따라 새벽이슬 끌어 안고
안개 속 꽃마차를 끄는 당신

저 하늘 이고서서
이름 없는 허수아비
나를 주시한다

농다리

세금천(洗錦川) 굽이돌아 천년의 세월
선인들의 삶과 얼이 살아 숨쉬는 농다리

진천의 숨결이요 한민족 기상이라
자손 만만대 하나되어
온 누리 불 밝히리

봄, 여름, 가을, 겨울 다른 얼굴로
사진 속 피어나는
작은 생에 파노라마여

우리 모두
뜨거운 가슴으로 향연을 즐기며
옛날을 딛고 오늘을 춤추어 보자

두 평안의 행복

두 평 남짓 내안에 나를 보고
수많은 사람들 속 새론 삶의
인생을 배운다

삶이 다 하는 날 되돌아 갈 그곳
여유가 있으면 얼마나 있을까?
잘난 사람 가진 사람 그 별난 사람
세상 모든 이가 지고 갈 삶에 응어리야
내 마음 안 있음을
우린 모르고 살지

두평 안 삶 행복이 얼마나
넓고 클 수 있다는 것을

그래
숨 한번 크게 내 쉬자
맑은 공기 한아름 내 심장이
부풀려 터질때까지

망향의 하루

긴 세월 자유평화 수호 위해 목숨 바친
선열의 숨결 숨쉬는 망향에 동산 끌어안고
망향에 하루는 눈을 뜬다

음악에 선율을 타고 본연의 자리에서
새로운 삶의 시작을 알리고
밤이슬 맞으며 타다 남은 잔재들과 시름하듯
새 바람 맞으려 우리네 젊은 날도
이곳에 묻어 두었다

어둠을 밀고 달려온 기사님과
꿈을 찾는 사람 사람들
따스한 커피 한잔으로 추위를 녹이고
우동 한 그릇으로 해맑은 미소 짓는다

바람에 향기를 타고 호두 굽는 사내와
색색의 옷, 과일 만큼이나 쌓여가는 환한 미소

그렇게 모두 하나 되어 세상에서 가장 편안한
누구나 즐겨 찾는 쉼터로 만들자 한다

그들 속 함께 숨쉬고 꿈꾸는 내가있어
행복한 하루
수많은 차량과 사람 사람들

큰 꿈 희망 가득안고 달리고 달린다
이곳
망향 휴게소를 품에 안고

충북 청주시 청원구 북이면 내수로 796-68

전 화 043)213-6761

메 일 cjdeahan@hanamil.net

이 책의 저작권은 저자에게 있습니다.
서면에 의한 저자의 허락없이 내용의 일부를 인용하거나 발췌하는 것을 금합니다.
COPYRIGHT ⓒ 2017. by Kim Jeonggi
all rights reserved including the rights of reproduction in whole or in part in any form.
저자와 협의, 인지는 생략합니다.
잘못된 책은 바꿔 드립니다.

ISBN 979-11-5819-052-1

값 10,000원